Éditeur : Stéphane Chabenat
Suivi éditorial : Clotilde Alaguillaume
Mise en page, conception couverture : Emmanuelle Noël
Couleurs : Sylvie Bonino

Les Éditions de l'Opportun
16, rue Dupetit-Thouars
75003 Paris

www.opportun-editions.fr

Imprimé en Europe
ISBN : 978 2 36075 056 6
Dépôt légal : août 2011

OÙ EST SARKO ?

Sarko est en haut, qui fait du bateau, sur le yacht de son ami Vincent Bolloré. Sarko est en bas (dans les sondages), qui se console avec du chocolat. Sarko est en Creuse, il sauve une usine de décolleteuses. Sarko est à la pizzeria, ce soir, il dîne avec Carla. Sarko est dans son avion, il engueule Fillon…

Sarko est là, là, et là aussi. L'hyperprésident est partout. C'est son boulot. Parfois même, il est à plusieurs endroits à la fois. D'où notre idée de ces arrêts sur image au sein desquels nous vous invitons à essayer de le retrouver.

Rassurez-vous, nous avons fait le tri parmi les milliers de décors et de situations où l'on a pu voir Sarko tout au long de son mandat. Nous n'en avons gardé que la substantifique moelle, comme disait notre copain Rabelais. Voici donc les images qu'il restera, selon nous, du quinquennat le plus mouvementé de la Ve République : Sarko au Salon de l'agriculture, Sarko à bord d'« Air Sarko One », Sarko boutant les Roms (et leurs caravanes) hors de France, Sarko sur la muraille de Chine…

Parfois aussi, nous avons réécrit, mais si peu, la saga présidentielle, en imaginant Sarko dans des situations où on ne l'a pas encore vu : Sarko à la plage, Sarko chez les rappeurs, Sarko au mariage d'Albert[1]…

En vous prêtant à notre petit jeu, sans regarder les solutions page 45, vous allez vous apercevoir que non seulement Sarko est difficile à suivre mais qu'il est, surtout, dur à trouver.

Albert Algoud, Pascal Fioretto & Herlé

1. De Monac.

SARKO CHEZ LES ROMS

Quel paradoxe : être originaire de Hongrie et vouloir bouter les Gitans hors de l'Hexagone ! Déjà, dans *Les Bijoux de la Castafiore*, le larbin Nestor disait à Tintin : « Ces bohémiens, c'est tous des vauriens chapardeurs et compagnie ! On finira par avoir des problèmes

avec ces gens-là ! » Un demi-siècle plus tard, à l'Élysée, d'autres larbins répètent les mêmes inepties ! De quoi faire honte à Sarko et lui donner l'envie de se cacher. Gipsy par-ci ! Manouche par-là ! Mais où est caché Sarko ?

Indice : Quand il est de mauvais poil, Carla appelle son mari « Mon ours mal léché ».

SARKO À LA PLAGE

Pour renouer le contact avec la France d'en bas, celle qui a travaillé plus pour bronzer plus, celle qui slalome dans les embouteillages l'hiver mais ne fait pas de jet-ski l'été, l'hyperprésident a étudié *Camping 1* et *2* et décidé de s'offrir, incognito, une immersion

totale à Mimizan-les-Bains. Côté proximité avec les Français, c'est réussi puisque, cette année, les aoûtiens sont aussi nombreux au camping que les aoûtats dans les dunes. Côté incognito, échappera-t-il à votre sagacité ?

Indice : Sarko n'est pas du genre à bronzer inutile. À la plage, comme ailleurs, il reste capitaine...

SARKO À DISNEYLAND

Sarko, personnage animé, aime Disneyland. Son manège préféré ? Space Mountain. Une attraction décoiffante, à l'image de son quinquennat. Un départ fulgurant, des accélérations prodigieuses, des virages à 180 degrés, de violents changements de cap,

à gauche, à droite et encore plus à droite. Et même à l'envers… Et puis, soudain, quand on pensait apercevoir le bout du tunnel : une descente vertigineuse. Et les commandes qui ne répondent plus ! Y a-t-il encore un pilote pour guider la fusée ?

Indice : Sarko est descendu du manège vert de peur, ça lui a donné une idée de camouflage.

SARKO SUR LA MURAILLE DE CHINE

S'il est un pays aux dimensions de notre mégaprésident, c'est bien la République populaire de Chine. Conjuguant les délices du communisme totalitaire et les avantages du capitalisme sauvage, l'empire du Milieu a tout pour plaire à un homme de synthèse

comme notre pragmatique Sarko. Qu'on ne compte donc pas sur lui pour refuser de goûter aux yaourts à la mélanine et donner des leçons de droits de l'homme à ces clients susceptibles mais qui achètent les Airbus et les métros par packs de 100.

Indice : Comme son ancêtre Napoléon en Égypte, Sarko aime prendre de la hauteur.

SARKO AU STADE DE FRANCE

Goût de l'effort, dépassement de soi, compétition acharnée, petits arrangements entre adversaires, sponsors très généreux... le sport a tout pour plaire à Sarko. Lui-même poulain de l'écurie Charles Pasqua, il a su laisser sur place son entraîneur, dépasser ses

coéquipiers et gagner le sprint final. Alors quand les sondages faiblissent, rien de tel qu'une petite virée au stade pour récupérer les valeurs éternelles du sport. À condition que les caméras retrouvent Sarko dans cette foule compacte.

Indice : C'est vrai qu'avec de bonnes lunettes, on devrait plus facilement retrouver Sarko...

SARKO AU MARATHON DE NEW YORK

Les initiales de New York , N .Y, sont à peine cachées dans le prénom et le nom de Sarko (N initial de <u>N</u>icolas, et Y final de Sarkoz<u>Y</u>). Si N.Y. se cache en Sarko, Sarko aime à se cacher dans N.Y. *But where is Sarko ?* À Central Park où il fait son jogging en T-shirt NYPD ?

Dans un yellow cab, sur le Brooklyn Bridge. Au sommet de l'Empire State Building ? Dans la torche de la statue de la Liberté ? À l'affiche d'un music-hall de Broadway ? Et si, au lieu de courir, il était en train de faire le « DSK tour » ?

Indice : L'un des deux Sarkos a fait manger des épinards à son « sherpa »...

SARKO AU DÉFILÉ DU 14 JUILLET

Le 14 Juillet, c'est un peu le Noël de la République. Ce jour-là les militaires, sortent décorés comme des sapins et peuvent montrer fièrement leurs beaux joujoux : lance-roquettes, tanks et avions de combat. Dans la tribune, le dos tourné à l'obélisque, le

Président les regarde venir à lui au pas cadencé depuis l'arc de Triomphe. Mais s'il n'y était pas, dans la tribune ! Où se cacherait-il ? Derrière le tablier de sapeur d'un barbu de la Légion ? Dans un platane des Champs-Élysées ?

Indice : Le premier Sarko ne manque pas de chien, le second célèbre un département disparu.

SARKO À L'EXPO PAL

Papa Pal ne fut certes pas un papa poule. Menant une vie brouillonne, il se montra peu attentif aux gribouillis du petit Nicolas. Mais le temps a passé et c'est le fils qui désormais jette un œil indulgent sur les barbouillages tardifs de son paternel. Alors

que la cote du premier est à la baisse, celle du second pourrait-elle grimper ? Le croûton connaîtra-t-il enfin la gloire avec ses croûtes ? Et qui est donc le plus verni dans ce vernissage ? Pour le savoir, il faudrait trouver où se cache Sarko.

Indice : Sur les trois Sarkos de l'expo Pal, l'un a bien failli se faire empaler. Quant à Carla...

SARKO À COLOMBEY-LES-DEUX-ÉGLISES

Colombey, mecque du gaullisme, Lourdes des zélateurs du Général ! Que vient faire Sarko au pied de la croix de Lorraine géante ? Perdu parmi les pèlerins, il se sent plus petit que jamais en implorant le grand Charles de lui porter chance lors de la présidentielle !

Pourtant, même en brûlant un cierge dans chacune des deux églises de Colombey, est-il vraiment assuré de redoubler à l'Élysée, comme le père de la Vᵉ République ? Sarko agenouillé, Sarko degaullisé, mais Sarko caché !

Indice : Trois Sarkos sont dissimulés à Colombey. L'un d'eux arrive par les airs…

SARKO À L'HOSPICE

Conséquence du baby-boom et de l'allongement continu de l'espérance de vie, la France vieillit et Sarko, toujours en phase avec son époque, aussi. À peine bouclé le dossier des retraites, le voici qui part à la conquête du troisième, du quatrième et même du cinquième âge (car

chaque voix compte) ! Pour mieux relever le fantastique défi de la dépendance, il s'est rendu incontinent et incognito à l'hospice des Vieux-Glands. Saurez-vous le retrouver ? Appuyé sur un déambulateur ? Caché derrière une pile de couches Confiance ? Un bassin à la main ?

Indice : Sur les quatre Sarkos cachés, deux ont choisi de se mettre au vert.

SARKO À LA MANIF

Une manif, surtout antinucléaire, voilà qui ne fait pas vraiment irradier Sarko de bonheur ! Sa foi nucléariste demeure aussi dure qu'une barre d'uranium enrichi : nos ingénieurs ne se trompent jamais et nos centrales ne sont pas dangereuses. Les catastrophes à venir

sont donc aussi imaginaires que celles de Fukushima, Tchernobyl et Three Miles Island. Pour découvrir Sarko parmi les ringards antinucléaires, pas besoin de compteur Geiger, juste d'un peu d'attention.

Indice : L'un des trois Sarkos a décidé de s'occuper à fond du problème des déchets à stocker durant quelques millénaires.

SARKO AU BRISTOL

L'eusses-tu cru ? Sarko adore les bonnes pâtes… italiennes. Mais quand on a le poids du monde sur les épaules, impossible de se contenter d'une assiette de spaghettis carbonara à la Pizza Pino du coin. Heureusement, Éric Fréchon, le chef du Bristol*****,

s'est spécialisé dans le macaroni truffé, le gnocchi au vieux parmesan, la tagliatelle au caviar Beluga... Les portions sont nanoscopiques, les prix dépassent le montant de la dette grecque mais l'ambiance est *so cosy* que Sarko s'est fondu dans le décor.

Indice : L'un des quatre Sarkos sait qu'ici un bon dîner peut durer des lustres.

SARKO EN BANLIEUE

Fini le temps où Sarko voulait passer les banlieues au Karcher et les taggeurs au Taser. Désormais, quand il visite la dalle de Craigny ou la cité Youri-Gagarine de Villeneuve-la-Vieille, Sarko laisse son ministre de l'Intérieur promettre n'importe quoi. Pendant ce

temps, incognito, Sarko se fond dans le paysage urbain pour comprendre de l'intérieur cette « culture » qui lui échappe encore. Il peut compter sur les explications de son fils aîné, Pierre (alias Mosey), compositeur et producteur de rap.

Indice : Est-ce le côté bling-bling du hip-hop qui attire tant l'un des trois Sarkos ?

SARKO AU VATICAN

N'oublions jamais que Sarko est « chanoine d'honneur » de l'archibasilique Saint-Jean-de-Latran, à Rome, distinction qui lui confère le privilège d'y entrer à cheval quand il en a envie. Mais faute d'un poney suffisamment solennel, c'est à pied, que Sarko, chef

suprême de la France, Fille aînée de l'Église, aime à se rendre au Vatican. On dit que Dieu reconnaîtra les siens, mais saurez-vous reconnaître Sarko ? Où se prélasse-t-il parmi ces prélats ? Sous quelle sainte robe va-t-il se dérober ?

Indice : Malgré ses responsabilités écrasantes, l'un des trois Sarkos a su rester jeune et pur.

SARKO SUR « AIR SARKO ONE »

Depuis le temps qu'il en voulait un… Sarko a enfin réalisé son rêve : un avion de Président américain pour lui tout seul, comme dans les films d'espionnage. Non seulement « Air Sarko One » est joli, mais en plus il vole vraiment ! Comment reprocher à Sarko son palace

volant ? Pour sauver le monde, ne faut-il pas savoir prendre de la hauteur et atterrir en pleine forme ? D'ailleurs, quand il plane à 10 000 pieds, Sarko se démultiplie. Mais au fait, combien y a-t-il de Sarkos embarqués sur ce vol Paris-Deauville ?

Indice : Le nombre total de Sarkos est compris entre 170 et 200...

SARKO AU MEETING DE L'UMP

L'UMP est une grande famille moderne donc recomposée. Avec ses joies, ses couteaux tirés, ses petites trahisons entre clans, ses cousins consanguins dégénérés, ses parrains tout-puissants, ses filleuls ambitieux… Heureusement, le moment venu, Sarko sait rassembler

tout ce joli monde autour de lui. Le temps d'un meeting et d'une photo. Son secret ? Les petits cadeaux : un maroquin, un secrétariat d'État, un voyage d'étude, une mutation à Cayenne… Pour promettre autant, Sarko s'y met à dix-huit. Oui mais où ?

Indice : Dans le « carré VIP », mais aussi dans le « carré glands ».

SARKO EN ÉGYPTE

Du haut de ces pyramides, plus de quarante siècles contemplent Sarko. Même sur talonnettes, voilà qui est vertigineux. Mais où est-il donc encore passé ? Inutile d'interroger le vieux sphinx, il n'est pas causant. File-t-il en felouque sur le Nil en fredonnant « Alexandrie,

Alexandra » ? Est-il descendu dans un hôtel de luxe à Louqsor ? À moins qu'il ne soit dans la Vallée des Rois caché, tel Toutankhamon, dans un sarko-phage, enroulé dans des bandelettes ? Alors prudence ! Qui découvrirait sa momie encourrait une terrible malédiction !

Indice : Sur les neuf Sarkos, l'un prend de l'altitude.

SARKO AU SALON DE L'AGRICULTURE

Sarko n'a pas, c'est vrai, les capacités hépatiques et digestives de Chirac, mais une fois par an, il lui faut déroger à son régime Dukan pour faire plaisir aux agriculteurs subventionnés. Au menu du Salon : une tranche de saucisson, un verre de chablis, une croupe charolaise à

palper, un syndicaliste de la FNSEA à flatter, des aides à promettre et quelques pesticidés à éviter… Car depuis l'incident du « casse-toi, pov' con », Sarko sait contourner les obstacles : pas question de croiser des paysans ruinés ou des consommateurs empoisonnés.

Indice : L'un des trois Sarkos se demande qui a fait la poule.

SARKO À LA CRÈCHE

« Fais dodo, Colas, mon petit frère, fais dodo, t'auras du lolo ! Sarko est en haut, qui fait du gâteau, Nicolas est en bas, qui fait du chocolat. » Mais au fait, à la crèche, au milieu des tout-petits, où s'est-il caché ? Sans doute berce-t-il de promesses quelques futurs électeurs. Car les

berceuses, ça le connaît. En 2007, il a fredonné « Travailler plus pour gagner plus » et bien endormi les Français. Nul doute qu'en 2012 il va en remettre… une couche. Mais le temps des chansons douces semble révolu, et Sarko se demande dans quel état les Français vont se réveiller…

Indice : L'un des quatre Sarkos ne craint pas les bouillons de maladies infantiles.

SOLUTIONS

SARKO CHEZ LES ROMS

Selon Sarko, pour lutter contre l'immigration qui monte, qui monte, qui monte, il faut pomper, pomper, pomper… Ce n'est sans doute pas le shadok dissimulé dans le camp de Roms qui le démentira.

SARKO À LA PLAGE

Qui a dit que les rivages hexagonaux n'étaient pas hospitaliers ? Ceux de notre illustration accueillent pourtant un requin, un hippopotame et même une créature à la Frankenstein ! Oui, mais où ?

SARKO À DISNEYLAND

Au Magic Kingdom®©™ de Marne-la-Vallée, tout peut arriver. Carla se fond dans le paysage, King Kong s'invite et un éléphant (même pas rose) fait du tourisme. Où sont-ils ?

SARKO SUR LA MURAILLE DE CHINE

Quand la Chine s'éveillera, elle n'en croira pas ses yeux de découvrir que sur sa fameuse muraille se cachent aussi Carla, une girafe ainsi que, sans doute échappés de la délégation du Medef, les Pieds Nickelés !

SARKO AU STADE DE FRANCE

Au Stade de France, c'est bien connu, tout le monde se mélange dans une communion sportive et fraternelle. En cherchant bien, on trouve même la première dame de France et un monstre sorti du labo du Dr Frankenstein…

SARKO AU MARATHON DE NEW YORK

Dans la ville qui ne dort jamais, mieux vaut garder un œil ouvert pour ne pas rater le passage de Superman, le sosie de Geronimo, Popeye le marin et surtout, les Marx Brothers !

SARKO AU DÉFILÉ DU 14 JUILLET

Vous avez trouvé les deux Sarkos officiels ? Très bien. Mais encore un effort et vous ne manquerez pas de découvrir où se cache son « amoureuse », comme elle le chante si bien.

SARKO À L'EXPO PAL

Une fois les trois Sarkos découverts (les tableaux ne comptent pas), il reste à dénicher Carla, qui n'est pas du genre à faire tapisserie dans ce style de mondanités.

SARKO À COLOMBEY-LES-DEUX-ÉGLISES

Si vous en avez trouvé trois, c'est normal. Si vous avez découvert d'autres personnages célèbres dissimulés dans cette planche, vous ne devriez pas prendre le volant immédiatement.

SARKO À L'HOSPICE

En plus des quatre Sarkos en campagne, il vous reste à repérer trois autres VOP (Very Old Politicians) ou « seniors de la politique » : Valéry Giscard d'Estaing, Jacques Chirac et Charles Pasqua. Du lourd.

SARKO À LA MANIF

Selon nos estimations il y a trois Sarkos dans ce cortège (aucun selon la Préfecture). Pour faire durer le plaisir du jeu, pourquoi ne pas essayer de compter les CRS ? (Envoyez votre réponse à l'éditeur qui transmettra à sa broyeuse.)

SARKO AU BRISTOL

Au Bristol, les prix sont haut perchés mais tout est compris ! Inutile de chercher des personnalités dissimulées. En revanche, si vous apercevez un éléphant, ce n'est pas forcément sous l'effet du pétrus…

SARKO EN BANLIEUE

En plus des trois Sarkos que vous avez retrouvés, cette planche contient un autre Sarko. On ne l'appelle pas « Kosar », même en verlan de banlieue, mais Mosey. C'est le fiston le plus « Yo ! » de la famille. Où rappe-t-il donc ?

SARKO AU MARIAGE DE BÉBERT DE MONACO

Un mariage princier, voilà *the place to be* pour Sarko, Carla, Albert et Charlène, certes, mais aussi pour Caroline, Ernst-Auguste, Stéphanie, Stéphane Bern et Jean-Michel Jarre ! Du travail de recherche en perspective !

SARKO AU VATICAN

Une fois les trois Sarkos identifiés, le plus dur sera de retrouver Carla, qui sait qu'en Italie on ne badine pas avec sa Sainteté (celle du pape Benoît XVI, pas celle de Carla).

SARKO « SUR AIR SARKO ONE »

Il y a… 183 Sarko !

SARKO AU MEETING DE L'UMP

Une fois retrouvés les dix-huit Sarkos, il reste à découvrir Carla puis un premier ministre, seize ministres (ou ex), dix « artistes », sans oublier un conseiller spécial, un judoka, un Serge Dassault, les Balkany, Laurence Parisot et un shadok !

SARKO EN ÉGYPTE

Outre les trois Sarkos du sphinx et les six Sarkos des hiéroglyphes, une Carla égyptienne hante aussi cette planche si pleine de mystères. Où est-elle ?

SARKO AU SALON DE L'AGRICULTURE

Y a-t-il des VIP (Very Important Paysans) dissimulés dans les allées du salon ? Pas sûr, mais les panneaux recèlent quelques perles et valent le détour, non ?

SARKO À LA CRÈCHE

Tiens, ne serait-ce pas la créature du Dr Frankenstein qui s'est échappée du Stade de France ? Mais que fait la police ? !